GAUGAMELA

DÁDIVA
DA
VIDA

DÁ!
DÁVIDA
DÁDIVADAVIDA
DÁVIDA
DÁDIVA
ÁVIDA!
VÍVIDA
VIVIDA
VIDA
DIVA
D
Í
V
I
D
A
D
I
V
I
N
A
VIDAVIVA!

ANSEIO
TEUSEIO

S E
N I
A O
TEUSEIO

E I
S O
N T
A E
! U
O S
I E

MINHA MATA NATUREZA

MONTE
UM
MONTO
EU
MATO
O
MATO
EU NÃO

O ABRAÇO

A

SAÚDE DA
SAUDADE

.

.

.

IDADE

O JARDIM

1.
O   2.
S   O
A   S
L   O
D   L
A TERRA   3. O S U L D O C É U
           D
           A
           T
           O
           R
           R
           E
           .
   O S E U J A S M I M

(ENGENHARIA)

EMPREENDIMENTO

PRONTO

À VISTA

SEM VISTA

COMPRO

ARREPENDIMENTO

-

-

GENTE
INDIVÍDUO
INDIGENTE
ENDIVIDADO
GENE
HIGIENE
INDÍGENA
INDAGADO
JAULA
GADO
GÊNESIS
INDOMADO

~</([{`!,;-@#”%^=^&*$+:.?’}])\>~

PLÁSTICOS, AÇOS
ESPAÇOS, MASSAS, ESTÁDIOS, ESPASMOS
HUMANOS, MUNDANOS
RIQUEZAS, CERVEJAS, CEREJAS
DE BOLO. TOLO. GROSSEIRO. CARGUEIRO
BARULHO, ORGULHO, ENTULHO, ROLO
BAGULHO. AGITAÇÃO. DIFAMAÇÃO
PURA. TORTURA. OBSCURA. DITADURA
MACACOS, CAROS, CACOS, CARROS
BÁRBAROS. FÁRMACOS. MAIS PLÁSTICOS

CINDERELLA NOW

BARRADA
NOCASTELO
PORCHINELO

PERDEU
OSALTO
NOASSALTO

TIROU
OSAPATONOATO

LANÇOUASANDALHA
NA
CUSPIU BATALHA
NA MEIA À
OFOGO BOTA
NO MEIO DO
OSEIO IDIOTA
NO CHÃO
OS PÉS

^

MORTEM
N
O

(MORTENOMETRÔ)

JEAN CHARLES BRAZIL

J E S U I S J E A N
J E S U I S
 J E S U S
J E S U I S
 S.U.S

HISTÓRIA BRASILEIRA

POLÍTICA
POLÍCIA
CIA
IA
A
.

OS PILARES DA ESTRUTURA

```
    A                     U
    B                     T
    C                     S
O R D E M               P R O G R E S S O
Y W E                     Q
X V F                     P
W U G                     O
V T H                     N
U S I                     M
T R J                     L
S Q K                     K
R P L                     J
Q O M                     I
P N N                     H
O M O                     G
N L P                   U F
M K Q                   T E V
L J R D                 S D W
K I S C                 R C X
J H T B                 Q B Y
I G U A L D A D E   E   P A Z
```

POLÍPTICOS

"

E U
I M P Ó S T O
O
I M P Ô S T O
E U
"

N Ó S , E L E S

E L E S T Ê M
E L E S T E M E M
E L E S M E N T E M
E L E S M E T E M
E L E S T Ê M

N Ó S , A
N O S S A
V O Z !

E V Ó S ?

GOLPERETTA

MUITO A GOSTO
,
SOTURNO
,
EM TORNO
DE AGOSTO
,
EM TERNO
DE INVERNO
,
SOB O BOJO
DO GOVERNO
INTERINO
,
SOBE TURVO
O CORTEJO
A SEU DESTINO
:
L'INFERNO

(E O INTESTINO)

NOSSO VOTO OU O OSSO

¡

E U

P O S S O

O U É O

P O Ç O

!

AMARQUIA

A M A R , A R M A R , A M A R , A R M A R , A
M A R , A R M A R , A M A R , A R M A R , A M
A R , A R M A R , A M A R , A R M A R , A M A
R , A R M A R , A M A R , A R M A R , A M A R
N O C O R P O N O A R N O M A R
A T É O F I M D O S D I A S

POEMA

DAS CORES DAS FLORES
QUERO OS AMORES NÃO AS DORES
DOS DESEJOS
QUERO OS BEIJOS NÃO ENSEJOS

AOS CORVOS DOS POVOS
SOU ESTORVO QUEBRO OS OVOS
COMO A ASA QUEIMO A CASA
E DE NOVO...

O BONDE

ENCONTRO
PELO   O CONTO

FORÇA
CONTRA A   A LUTA
BRUTA

AO C NDE ? O B NDE !
O   O

O MAR MORTO
O MENOR MORTO

DOM
QUIXOTE MAU PIXOTE
PAIXÃO CAIXÃO
CAIXOTE

A Ítalo de Jesus, 10 anos, assassinado pela Polícia Militar/SP em junho de 2016. (Morumbi, São Paulo)

D O P A L C O
N O P A U
N U O C U (E R A O C O)
N O P A U
D O P A L C O

PARTIDO SEM PARTIDO

A AULA É UMA JAULA A
        N   O
        Ã   Ã
        O   N
A ESCOLA É UMA GAIOLA A

S E U S
O L H O S S
I L H A S Ã
           O

I L H A D A   I L H A D A
      M I R A D A   M O R A D A

ALEPH

. I . D .
V A
M E
E M
E A . P M
T L E A
R R
O . . T
M . E

MORRO
MARES
CIDADE
DIVERSÃO
DIVERSO
IDADE
PÁTRIA
PATRÃO
TROPA
PATA
TAPA
POVO
VOTO
TURVO
NOVO
TIRO
TÓRAX
SUS
PÓLIS
CHINELOS
CAVALOS
CAVA
VALAS
COVAS
BALAS
CORRO

CONFRONTO SEGUIDO DE MORTE

MORRO
VIVO

FIM

(PERO
NO
ES
EL
FIN)

Primeira edição, novembro de 2017
São Paulo, Brasil

Este livro não segue o vigente Acordo Ortográfico da Língua Portuguesa.

Dados Internacionais de Catalogação na Publicação (CIP)
Angélica Ilacqua CRB-8/7057

Bonolo, Lucas
Gaia primavera : o amor vai à guerra! / Lucas Bonolo.– São Paulo : Elefante, 2017.
124 p.

ISBN 978-85-93115-09-7

1. Poesia brasileira I. Título

17-1550 CDD B869.1

Índices para catálogo sistemático:
t1. Poesia brasileira

EDITORA ELEFANTE
editoraelefante.com.br
facebook.com/editoraelefante
editoraelefante@gmail.com

FONTES Space Mono
PAPEL Pólen Soft 90g/m²
IMPRESSÃO LaserPress
TIRAGEM 500 exemplares

-GAIA
PRIMAVERA, O AMOR VAI À GUERRA!

LUCAS BONOLO

elefante
EDITORA

CONSELHO EDITORIAL
Bianca Oliveira
Leonardo Garzaro
João Peres
Tadeu Breda

REVISÃO
Tadeu Breda

PROJETO GRÁFICO
Denise Matsumoto

A noite é nossa amiga
porque cala os idiotas...

I-
HÁ MORROS DE GENTE. AMORES SÃO PEDRA SOBRE PEDRAS

Convocação

Venha venha, minha amada
Vem ter comigo a alvorada
Apagando as estrelas com teus suspiros
De tédio, a provar do silêncio que respiro
Aqui, o sol, amigo, é uma esfera, uma festa
Da cor verde-e-amarela
– Venha ver a bela serra, pela fresta
Onde vivo, inquilino, é nela
Tudo de graça, não há hino, não há guerras
Velha praça do horizonte
Venha à caça, amada Gaia, há feras
Te espero ao pé da fonte

Translação

Limpo aqui, sujo por lá
Leio um capítulo enquanto
Esqueço o livro de ante-ontem
Nas fotos, legendas
Compilo filmes, nações...
Desoriento-me em compilações
Imagino planetas
Da Terra, sonho a vitória
E vou vivendo, tolo, cada instante
Eu-viajante, a 106 mil quilômetros-hora

Sertão e Maria

Na superfície estreita e seca
da vida, as nuvens se abrem
Revelando estrelas
É de noite que o sertão vira mar
Navegantes, vemos todas as Marias
É festa de San Lorenzo!
(É chuva de lampião)

Todas elas vi

Hoje vi!
Todas as estrelas
As brilhantes, cadentes, poentes e fugazes
E vi a constelação -do amor!
De mãos dadas com a cauda de um leão
Entre estrelas de jóias e rubis
Todas elas vi
Estrela a estrela contei um milhão
As famosas
E depois uma por uma
Baixei até o astro-baixo escalão
Onde a nuvem branca e a Lua
Junto ao preto nos olhos
Faz perder o panorama
Ah, e quantas eu perdi...
Mas hoje todas vi!
As paradas moventes dormentes esquecidas
Com as lentes
Pontuais
São rabiscos de Milão
Cheias e boas de si
De cauda longa alfinetada
Desfilando, eu deslumbrando
E foi então silêncio
Surpreendeu-me a alvorada
Ah, quantos homens, pobres homens
No clarão de mundo eu vi...

A Lua de Helena

A noite é pequena
Mas brilha contente
Pois vive somente
Se aos olhos de Helena
Quão simples, amena
Recobre na Lua
Sua pele, está nua

Faz ondas no Tejo
Colora os Prados
Semeia em bocados
A voz do desejo
E o mundo em cortejo
Se move e flutua
Na graça, que é sua

Desvia a estiagem
Beleza tão mista
Na mão do artista
Não cabe a sua imagem
Ao ir de viagem
Camões tumultua
Se vai pela rua

Aos céus só há ponte
O amor só se encena
No ar de Helena
Se faz isso ao monte
Que fará na gente?
As guerras recua
Não há ser que a exclua

Os filhos roubados
O leito em despejo
Injusto sobejo
Poderes, soldados
Os fados e os gados
Ausência tão crua
Neblina que abrua

Se deixa a sua pista
Na selva é miragem
Na oca ou à margem
Atenas conquista
Qualquer um que avista
Seus olhos cultua
Desvelando a Lua

Rapsódia em Flor

Em escolhidas ocasiões
Superada a noite, me deixaste tocar
poeticamente tuas virilhas, livres
Amplas como a ponte do tempo. Templo
de ancas douradas pelo sol da alvorada
Sombras curvas, teu poder em flor
E assaltados pela cor das uvas
Desenhamos gestos na rebelião dos eixos
Eu arpejava tuas costelas... belas eram as notas
Passei-lhe um arco -de abraço- sobre as costas
Apartamos os seixos, no espaço descobriu-se o sexo
Te equilibraste nas aspas de minha volúpia
Eu vi saltar um seio de teu colã de pele
Cantamos por dentre a leve relva, o ventre
E nos deitamos submissos como corpos
(Que se refugiam da polícia ou da manhã)
- Cedo surge a mão da terra ao longe
A beleza é uma promessa de futuro
E foi justo que nossa paixão se repousasse
Adormecida

O pulso

Onde a verdade se faz transparente
E de tão viva se oculta, louca
Há de ser este o prazer, se sente
Incendiando-se do pêlo à boca

Poesia sem ulteriores glosas
Pois não hemos de ser atores
Tu és o meu corpo que gozas
Eu sou o teu sorgo em sabores

Amar livre de antecedentes
Na aventura de um filme a cores
Como herdeiros adolescentes

Insubordinado à posse e ao cansaço
Tenaz, primitivo, evidente
O fio da paixão encontra espaço

O pólen da questão

Os homens vivem das pétalas
do sexo de todas as mulheres
As mulheres vivem do que só elas sabem
Não sei superar esse impasse
Mas queria indagar ao campo
O que vão por aí livremente
As abelhas dizendo às flores
(Alguém na plateia gritou "nada"
E depois atirou em todos nós)

As leis vistas pelas flores

A moral é a foice dos homens
A ética, seu punho aberto ao manete
O vento
ultrapassa os sentidos da jurisprudência
A ideologia não se difere tanto
De uma florada em primavera...
As leis? Qualquer coisa
De outro mundo

Nasceu

Inacabado
O novo humano respira no mundo
Porque é típico de sua espécie
Lambendo o perfume do tempo (que é seu)
A pele azul de amor e
Os olhos acesos, perdidos...
Como os olhos de um bicho ou de um deus

A I. Bonolo.
(São Roque, SP)

Curi da serra

Curi
Pinheiro-verdade
É araucária. Primária, rainha
do horizonte
Em mil braços, semi-esfera
Que invade minha janela
Porque eu vivo na serra
E minhas janelas são meu coração

Ah, se eu pudesse aparar
Os galhos do tempo
E deixar o meu curi...

(curi: denominação da araucária
na língua original tupi-guarani)

A G. Bonolo.

(Embu-Guaçu, SP)

Coma vivo

O garoto olhou, olhou
Refletiu, escutou, viu melhor
Deu-lhe um passo, pôs-lhe a pele da cara
Sentiu, parou, pensou
E bateu em retirada
Como um peixe azul, volta à bolha
Com medo que a vida
                    lhe comesse
                        (morto-)vivo

Anti-Salmo

E quando os discípulos
Se calarem
As pedras
Continuarão pedras
De ares
Será o vento
Um triste sibilo conformista

Receita de passado

Te imploro, amor
De não fazeres tal pergunta
Pois que a alegria se vive
Sim, a vivo
Mas a memória
Se escreve
Ou bem
Se canta
(Como se não bastasse
Qualquer outra medicina)

Cantiga de amor

Passarim, passarim
Pousa aqui nessa janela
E me canta notícias desse meu distante amor...
É primavera, é primavera!
Traigo lindas prendas e contos que lhos dou!
Mas me pensa e inda me quer, passarim?
Quer sim, passarim... quer sim!
Passarinho então voôu, voôu
E a primavera então passou.
Passarim, passarim
Pousa aqui na telha-sol que embeleze
E diz-me notas de onde anda meu amor...
O céu brilha, os mares se tocam!
O vento canta em teu nome!
Mas se ele não voltar, passarim?
Vem sim, passarim... vem sim!
Passarinho então voôu, voôu
E o verão também passou.
Passarim, passarim
Pousa aqui no vaso-roto que ofereço
E sem canteios conta sobre meu penado amor.
As plantas secam, as águas baixam
Ao nutrir as raízes do que será só vosso
E vai mesmo persistir, passarim?
Vai sim, passarim... vai sim...
Passarinho então voôu, voôu
E no outono, o inverno tudo congelou.
E se passarinho não voltar, passarim?
Ai de mim, passarim, ai de mim...

O Fechado

I

Enquanto dou voltas
A organizar meu mundo quadrado
Aquela flor de brejo
Preta, pende ao brejo
Fazendo em seu caule um halo
De beleza, a vejo
No rio em perspectiva
Azuis subterfúgios
O vento bate ela assenta
Entra no espaço e
É tão flor que pesa
Tragando toda a luz
Ao dia, curva e têja, reza
Em silêncio os mistérios da vida
E no entanto é que apenas pende...
Quase querendo decair
A flor, desistir
Mas segue, enfim
Fechada

II

A flor se desfalece e nasce, calada
Enquanto envelhecemos, eu e minha voz
À beira da humanidade
Que corta a curva e afunda
Na espuma branca do rio
Junto aos dejetos, encantos
E a fé na "civilização"

-

Ah, primavera
Por que reténs o fruto
E não pastas meu rebanho?
Já não te vejo conforme
A natureza do universo
Já não devolves
O que te cantam
Com louvor
Plantei palavras
Cada qual foi aniquilamento
Me faltam cursos
A rio descer
Não me reconheço
Nas estações
Teu humor me desanima
A jornada se confunde
E meus passos
Já vagos
Como água
Inadvertidamente
Se congelam
(Ou é que se evaporam?)

I-

HÁ MORROS DE GENTE. AMORES SÃO PEDRA SOBRE PEDRAS

II-

ILHAS DE DOR, MIRAGENS DA MORTE

-

E bem
Amargamente
Eu me
Dei conta
Do fim
Mas o tempo
Sempre
Apertando
O tempo
A memória
Ou seja
A marca
Da alegria

A moral e o senso

Vai, moral
Orgulhosa
Te desbotas
No podre e no privo
Que o amor
Boicotas

Foi bom
Num tempo
O senso primitivo

Bem-te-vi

E quando eu regressar
Daqui a cem anos
À vila dos nossos amores
E sentar-me ao pé da nossa fonte
Eu sei te encontrarei entre mil flores
Granada primavera
Ali onde primeira vez te vi
Com tuas asas recostadas
Tua longa saia de belezas
E teus olhos grandes como a noite
Então queimarei minhas maletas
Repousarei os meus sapatos
Arrancarei a minha roupa
Sussurrarei-te ao pé do ouvido
Toda a história de meu ser desesperado,
E tu me entenderás
Tomarás a minha mão
E me guiarás colina acima
Passando o Sacromonte
Onde em mares d'Alhures
Serenamente eu me arrenderei feliz

Eu danço, você jazz

Eu leio Drummond
Você pessôa...
Eu pego e arrasto um violão
Você belo belo destôa
Eu compro prosa, filosofia
E tu poesías!
Eu vou levando aqui
Mas tu vinícius lá
Almoço às três da tarde
Você às onze ao prado
Eu sonho piso padeço me estrago
Você bandêira longe longe
Eu bem que às vezes me distraio
Você aí sempre dos anjos
Eu muita vez tem já não saio
E tu meirélles num instante...
Eu digo isso e como ando, aquilo ainda
Você aclara, onda onde a noite é vinda

Já sou pedra, eu aqui não danço mais.
Só tu danças
Enquanto encalho, atérro e afundo, me fundo
E derivo ao belo som que você jaz

O limoeiro de teu corpo

Plantei
Sob a terra
De teu corpo
Um pé de limoeiro
E do pé de limoeiro
Que plantei sob a terra de teu corpo
Colho todo dia um limão
Com qual limão
Colhido todo dia do pé de limoeiro que plantei
Curvado em ti
Adoço a água de todas as manhãs
Tempero o tempo do meu almoço
Cozinho o pranto do meu jantar
Mas da raspa do limão
Que colho todo dia ao pé do limoeiro que plantei
Em terras de teu corpo
Alimento os olhos, cansados, que punjo
Pois hei-de não te ver
Adorno a mesma aguardente
A manchar em sol meu rosto
– As cicatrizes traduzirão
Os caminhos da tua ausência
E como cientista (ou criança)
Decifrarei das marcas que tens
Andado em mim
Mas este mapa eu jamais revelarei
Será o segredo de teu nome
Escrito numa folha em branco
Com limão
Jogo infantil, do pé do limoeiro
Que plantei e que partiu

Espirais

O que vivemos
Vivemos
E como foi lindo
Mas daquilo
Que não provamos
Um pouco
Trago
Vagamente e
Trato
De mediar
Saboreando-lhe o gosto
No copo
Do desassossego

Nos muros do desengano
Os ponteiros das horas giram
Mas sou eu
Que me perco em espirais de abismos

Invenção nº13

Se um dia meu neto perguntar
Por que deixamos tudo ir assim
Quem sabe eu o coloque no colo
Tal pai, frente ao que foi um rio
E lhe conte algumas carochinhas
Ou três verdades sobre a humanidade
Sim, a morte também é coletiva
Quando os homens venham
Escondam os florais e invenções de Bach
O novo povo não aceita metáforas
Assim como a fogueira queima a pele
índios, livros, livres
Partituras e outras plantas raras

–

Mudo
Me conduzo
Noite e dia
Mais e além
Lançando-me
Como
Do amor
Um desarmado

(Entre humanos
Tão só
Desmelharei)

Mar e promontório

Na cidade sob as portas do Mediterrâneo
Deixo aqui um pedaço de mim
Entre morros e bancos navegantes
Aquele pedaço de mim
Que de tão familiar não serve
Para os novos tempos
Viagens de descobrimentos

Debaixo das pedras
Detrás das estátuas roídas
Entre um e outro encruze
Deixo ali o pedaço de mim
Pra que mãos o roubem
E vícios o fumem
Dissipando-me partículas no ar

O pedaço de mim banido
Batalha íntima
Quando serenamente território
Eu cedi, deixarei
À cidade, laboratório
Tratarei de o mascarar pintar torcer
E o transformando poderei disseminar
Como invisível parte que arranquei
De mim, este pedaço

O deixarei silencioso
Na rua do Mar de cima
Na praça do Amor perfeito
Na ponte dos Horizontes
E crianças o examinarão
Prostitutas de ultra-mar o cuidarão
Os jovens o verão e seguirão
As máquinas haverão de ser máquinas
Tudo se multiplicará
...

E já passado tempo
Ninguém desconfiará
Que aquilo ali fui eu
Que me deixei, em pedaços
Pra que quando retornes
A essa cidade nossa (e aquela)
Me encontres em cada passo e olhar teu
Sem que sequer percebas que
Tudo aquilo que te envolve
Transformou-se finalmente
Neste pedaço de mim
Vivo em ti
Sem que sequer
Já suspeites...

(Genova)

Amarelinha

Então inerte
Fica
Como última lembrança
Aquela manhã fria em que
Desceste as escadas tortas do futuro
Enquanto eu mergulhava e afundava em teu *plongée...*
Havíamos dormido lado a lado
Como estranhos familiares
Já não era possível contato, um braço de lençol
Estaria escrito que nos desencontraremos?
Na mesma cidade
Numa livraria
E no bar que irá de moda
(Onde certamente não tocará De Andrè)
Ou enfim sem notar esquinas
Talvez nos cruzaremos
Paralelamente
Em via oposta
Quase sem memória
Pelos quarteirões da idade
Como o fim daquele livro
Que gostavas de contar
Mas que eu só li
Até a metade

A pergunta

Quieto
Deixarei
Que finalmente
Descanses
Os olhos
Deste meu ser,
Infiel
Aceitarei
Que encontres
Noutra estante
Versos
Que não vou
Escrever
O futuro da poesia
Essa obra
Vagamunda
Vaga onda
Do destino

Tua boca eu teu tabaco

Fazendo as contas...
Poucas noites passei a teu lado
O cheiro de teus tabacos
Abraçando-nos no ar, teu ardor
O sopro de teus lábios
Fazendo um dossel de nós
Escultura instável de corpos
Nossas formas e palavras
– Lembro em confusão
Teu braço
                a meu braço
A perna em meu pé
Os teus e os meus cabelos
A nossa lisa pele
Formavam espiral, caracol
Quantos beijos com teu gosto de tabaco

Hoje encho os peitos de teus ares
Os braços, cabelos
A pele e o pé
Pois é assim que enquanto trago
Provo o sentido do distanciamento
Sob o denso fumo que vôa
Feito mares, vacilante
Vestígios de passado

Questão de ordem

Ter-te
Ter podido ter
Não ter tido.
Amar, se ama
Mas bem, só o ter que conta...
Amar-te
Ter podido amar
Não ter-te
Amado
O não-ser-e-ter
Consumado

A Pier Paolo Pasolini.

(Roma)

-

Se fosses um anfi-teatro
Solidamente repousado
Em semi-lua, de pedras diversas
Assentadas como o dia após dia
Ascendendo paciente o aclive da montanha
Em teu limite, sob um capim ouro-verde ondulado
Que classe de espetáculos abrigarias?

A virgem medieval

Eu vi a menina sorrir
E sorria como uma moça
Eu vi a moça dançar
E dançava como uma noiva
Eu vi a noiva beijar
E beijava como uma esposa
Eu vi a esposa transar
E morria como uma santa
Eu vi a santa pregar
Ecoava como a moral
Eu vi a moral
Lavar no curvo leito da vida
As vestes da menina

Livraria viva

Ei-me aqui, este exemplar...
Pois bem me leia, traduza, me
rasgue e surre
Sugue, sussurre
Leiloe, lance ou me
Ame, asse, amasse
Abane, doe, abandone
Qual fizeste comigo
Mas não te esqueças
Depois contudo
Que já não sou este livro

I-

[illegible]
SÃO PEDRA SOBRE PEDRAS

II-

ILHAS DE DOR,
MIRAGENS DA MORTE

III-

SÓ A FLECHA FERE A SELVA

O bosque humano

Sou um animal de respeito, glória
Aberta e ardente ferida
Agredido, na sombra civilizatória
Escrevo um traço, faço vida
Planto uma carta aos amigos
As florestas são manchas de tempo
Este (1%) um por cento
Que resiste e persevera
Na forma de mata nativa

O ser biológico

Trago pra morte
As bordas curvas
Colada na pele
Toda a minha miséria
E reconhecendo
Os mistérios do acaso
Nado só
Mas bem livre
No oceano
cristalino da inocência

Fior di maggio

Esquecidos
Talvez ocultos
Versam ao futuro
Os teus restos
Por debaixo da praça... do povo
Numa fresta
Onde vais nascer
Passada longa
essa chuva
Qual nova
Viril
Flor de maio
(Ou tardo-abril)

A Pier Paolo Pasolini.

(Roma)

Garoa baixa

Ser como a brisa pacífica
Que de rosto em rosto se molda
Lembrando apenas ao mundo
Que o mundo ainda resiste
Abrir o rumo de quem vai a pé no caminho
Banhar animais silvestres
Dar boa-noite aos loucos, aos pedreiros bom-dia
E revisitar no outono as árvores e suas estrelas
Ser livre como a voz das paisagens não vistas
Desacatar tudo o que não seja essencial
Reciclando o lixo o sexo a lírica e o espaço
Mas, no fim, será também o meu poema indispensável?
– Ah, impiedosa chuva de verão...
O mundo é mundo porque não pede licença

A casa do ser é o Fogo

Escolho também a verdade do amor
E seremos, feito fatos animais
E os animais
Andarão na frente da linguagem
Como o início, e o fim
(Um espelho que lhe mostra as costas)
Onde não cabe mais
Aquela que um dia
Dissemos
História

Uma gota

Já não há outro sabor
Que o suspiro dos amantes
Desconhecidos
Estrangeiros da História
Habitantes do esplendor

Abrindo ao mundo a flor
Dos corpos recém-amados
Ouviremos então
Na planície as estrelas
Ou a nova Lua que nasce
E o céu será o espelho do infinito
Desenhado sobre nossos corpos
Recém-amados
Inacabados
Misteriosa gota (ou sopro) de vida

A rosa futurística

Aprendo dos mortos-vivos
Mulheres e homens da palavra e da história
Enterrados atrás dos políticos, na ala dos esquecidos
ou assassinados
Sob escombros de bibliotecas de escolas
Enquanto me estendo à natureza
Na estrada de terra florida
Entre os filhos de Pã
Não quero ser
Inteiramente confiável
Nem dar sempre
Abraços tolerantes, presentes
Ou tantas daquelas carícias
notícias... Aqui o tempo pára
Os espíritos não são explosões
Mas também houve uma hecatombe
Sete cores escolhidas
Fundarão agora a verdade nua
Em nova forma
De rosa futurística

A flor precária

Não desistir da flor precária
Ou atirar-se ao mar das camas
Despossuir bem a quem amas
Na doce aventura diária

Admirar os modos parcos
Conhecer da selva as ternuras
Talhando no homem usuras
Como aos planos se drena os charcos

Louvar o amor e o povo em chamas
Ainda que em via contrária
Escrever com a pena arbitrária
Em que o vento encena as tramas

E não viver de amarraduras
Nem de triunfos arcos
Mas voar em tantos barcos
Quantas do sol as posturas

Artifícios

Mudar o homem, sim
Convencê-lo, jamais
Mudar o homem, sem
Convencê-lo jamais
Mudar o homem sem
Convencê-lo, jamais
...
Faço poesia
Pra quem anda convencido
E levo as bombas
Num bolso furado
De uma fantasia

(de carnaval)

Floresta da diversidade

O pensamento é uma clareira
Alguns o chamariam "oásis", outros "clichê"
Mas a vida no fim não é só
O que a gente pensa
Nem mesmo a poesia
dos outros que encontramos pela frente
Ao diverso me entrego, verso
A cada dia
Sem relógios de pulso
Como um animal

-

A notícia sugere
Que na rua dos loucos
O velho louco
Arrancou um próprio olho
Pra melhor enxergar,
Quando em seguida
Passou a ser chamado sábio
(E pirata lunar)

III-

SÓ A FLECHA
FERE A SELVA

IV-
SABOR DE AÇÚCAR, CHEIRO DE MUNDO

A outra face do verso

Fechei minha janela
De vidro aberta pro futuro da noite
E me vi no
Espelho escuro dela
Quanto medo tive de mim
Era o homem, sozinho, do avesso
Vestido!, boiando
No vazio do universo

Tais campos

Na cidade
Entre as casas
Pedras ficam
Pra contar a história
Todos já partiram
Por desgraça ou pandemia
O vinho estragou, não há memória
Ou rios santos

Mas são meus,
Que comprei ali
Ao tempo, sob a ponte
Os mais regados de pena,
Tais campos

Corpos descartáveis

Escarneço o mundo
Folheio turísticas nações
Fotos de casais fiéis e estátuas
Praças e os bares, os barões, os verões
E no verão, o bem-estar
Seria exagerado?
Não vejo envolvidos
Rostos ou uma testemunha justa
Pra testemunhar, todos calam, fingem que sorriem
Mas serão os financeiros
Talvez passeantes, jovens banhistas
Ou agentes do Estado
Homens e mulheres de negócio
Maridos tristes namoradas
Os bons civis, os fanáticos e os vigilantes
Os novos militantes
Todos fazem filhos
Muitos usam carros pra matar
Outros são apenas nobres citadinos
Cintilantes
Esculpidos
Pela chuva
De um medo orgulhoso

Genocíndio

Ando por ruas lobotomizadas
Temo ser abordado (por qual lado?) e ter que resistir
Talvez levar um tiro
Um recalcado indagará o que eu fazia ali a essa hora
Agora freqüento espaços fechados
Também não vejo sempre o sol
Vozes familiares tilintam, dizem que
O menino do outro lado do vidro
É um bicho, ele é preto, ele é magro
Podia ser mais um trapo, um índio. Um prego
atravessa a mão de Cristo na televisão
Faz sol o ano inteiro, montanhas
De gelo degelam como um lava-jato apocalíptico
Enquanto espaço-naves de juízes e políticos
Decolam rumo à monocultura estelar
Onde colherão mais uns milhões a seus filhos
Regando nossa terra com sua urina
E outros produtos tóxicos (que também nos venderão)
Lá de cima, do avesso, o traçado da nação
Ainda lembra um navio negreiro

No hospital

Os pobres e os estrangeiros
Comem as próprias doenças
Mas em geral o mundo vai *volks*
(Com receitas Nestlé, "faz bem")
Entram no hospital
Uns felizes, outros acabados
Tudo pela vida! (mas que vida...)
Vejo da janela um outdoor distante
Welcome Riviera by l'Eni and Petrol
Imagino a cara do presidente e seus dentes
eternamente sorrindo
Ou um poço de sangue negro na praia de Ostia
A criança ao meu lado joga o Fifa-nuclear
Seu prontuário holográfico não diz
Coma sócio-cultural

(Sanremo)

O terno invernal

Homens da justiça
Que Deus vos abençoe
Mas haveis uma toga
Um tanto turva
E vejo vossas joelhas
As meias-vagas seletivas, decoro de
estampas caras, confusas, amigas...
Uma confusão familiar
Como a sensação de frio
A fome, deve ser minha porta de neve
Ou a nossa humilde chama
Será justo...
Pois o povo de Pã tem o fogo
E os imunes, a fama
(O inverno)

Cortes de verbas

Milhaud foi mesmo capitão
Fez um trenzinho caipira
Pra França sentir um maxixe -Chiquinha-
Os americanos de cima também copiaram
Nosso Ernesto Nazareth
E aquele outro ouro, "preto dė alma branca"
(Deu assim na Rádio Nacional!)
O Villa sim foi *par lui-meme*, sem igual (e não)
Também voôu por Paris, New York-Milão
Mas, como o amor, o Heitor morreu no Rio
E o uirapuru da mata
Entrou pra livretos estrangeiros de extinção

(Paraty, RJ)

Progresso

Caga-sebo
Caga e vai cagando
Que se todos cagassem cantando como tu
Seríamos talvez parte deste mundo
Caga-sebo
Caga e vai cagando
Que se todos cantassem como tu
Caga-sebo
Caga e vai cantando
Caga-sebo
Canta
Canta-sebo
(Enquanto cagares por aqui)

Bonde do Dadá

Ah, Mario
Mario...
Que prazer em conhecer-te
Aqui neste desvario
De modo tão modesto, entre palavras familiares
Ontem visitei
A aldeia Parelheiros, Tenondé
E desci a serra no bonde com Naná!
No mapa dava "Colônia" (!)
Evoé, Jaraguá
Hoje em sampa também samba o krukutú
Pois falemos desta tal poesia
O Governador tá mais pra urubu

Passa-tempo sideral

Vivemos na dura da gramática nova
Viramos a ilha dos escrotos mascarados
Já não há mais ponte ao futuro
A cidade defeca à sua imagem
Tragamos um ar sólido, seco e
Os drones tomaram o lugar dos pássaros
No processo histórico há petróleo
Infinito que aos bilhões o homem necessita
Além da comida e teu lixo diário
A depressão é endêmica
O Cerrado, extinto
O Pará, vendido
Por aí se escuta um pop medonho
O doutor julga e indica
Pílulas com pena de marfim
É um médico ou um magistrado?
Não sei... Pago para estar acostumado
Dopado, aprendo o hino nacional (completo)
Durante os capítulos do futebol
Ou a cabeça do Bonner enfiada em um robô
Alterno entre fitness e downloads pornô
Babo diante da vida
Me distrai qualquer tuber defunto
Na tele-voz do Cid ressuscitado

O medo e o cão

O cão protege o medo
Enquanto
O medo alimenta o cão
A tevê se situa estrategicamente
Como infalível espectro dos fatos
A cada latido, um bocado
Ao gosto do cliente-cidadão

Elo

Ele quisera que eu fosse um homem

Ela quisera que eu não sonhasse sempre

Ele quisera que eu fosse um homem

Ela quisera que eu nunca tivesse amado

Ele quisera que eu fosse um homem

Ela quisera que eu fosse totalmente honesto
Quisera dar-me asas, pra recolhê-las a cada tanto...
(Como a gente faz ao humano)

Ele também quisera o humano, sem asas
sem plumas, um cão, em suma, o
Homem

Os trópicos da ordem

No edifício Maison d'Antropoceno
Meus vizinhos são aparições
Somos herdeiros, empresários, policiais
E temos varandas-padrão, sem vista
Mas com plano jurídico-dental
Respiramos fechado o ar que dá voltas
Condicionado como a nossa geração
Entre-abrindo uma janela (modelo solidão)
Agora é fixa, de plástico (por lei)
Como as palmeiras e as crianças no auditório
Não entendo por que as ruas têm nomes
Se não passam de túneis sabor álcool-gel...
Padeço de vômitos constantes
Vejo vampiros usando gravatas
Meu apartamento é tão vazio que
Só cabem três tevês (e meus carros em modo avião)
Vôo à igreja da esquina
Almoço e janto embalagens
Vendem a nova série wi-fi americana
Compro o pacote "vida", espero não mais
Que o menos fitness-flix hermético
Mas o cheiro da carne, a pulsão do sexo
E a realpolitik
Dão as nuances da morte e vida

SP 30 anos S.A.

Sócio de clube ou de academia
Canta um e outros hinos
Não lembra se colava na escola
Contempla na estrada eucaliptos
Lhes dizendo tolamente "floresta"
Faz churrascos nacionais
Planeja a carreira, vai à praia
Costuma fingir "que não sabia"
Ri do que é infame
Saúda a violência de Estado
Com frequência ignora a decência
Crias filhos como patriotas, votas
Eletronicamente no mesmo governador
Tornou-se apenas anti- ou conservador
Impondo suas regras aos outros
Vai dirigir dos 18 ao fim
Vestindo a amarelinha do cinismo
Junto ao eterno ponto fitness de vista
Defende idéias de super-marchê
Se aplaca com um elogio (e um hambúrguer)
E como criança, bate prato pra tevê
Às vezes, de perfil, lembra também um macaco
Se esquece de tudo
Alterna entre a folia e o ódio
Se acha crítico, inocente
E, como os demais, aplaude o pôr-do-sol
Enquanto sorri ao desenvolvimento

(Rio de Janeiro)

Rio Salgado

Em um vale doce grande vale
Incessante a sirene não toca
Mas a maioria segue imóvel
Um arrepio, o silêncio das aves
O eco das árvores avisa o pior
Então ouço desumanos gritos
E vejo as paredes desabando
Enquanto o horizonte torce, horrendo
Nos escapa o equilíbrio
Cada qual cai para o lado ao que
Pende seu individualismo
Não há quem abraçar
Ou entorpecentes como a morte
Me sinto tão longe de todos
E nem tão perto de Deus
Um filho a meu lado implora clemência
Como baratas tentamos fugir, corremos
Mas o progresso vôa solto
Pela terra derretida, casa de lava
Vulcão de lama, gargalo
A verter homens

A bolha e o gesto

Não posso afirmar com certeza
Que estou satisfeito
Nem que posso entender
O que não sabem explicar
Me encontro útil e já não quero ser necessitado
Estou do outro lado da linha
(Sim, eu saltei durante a madrugada)
Ando longe, estranho
Queria ser dócil contigo
Queria também ser livre...
Sinto que fomos humilhados
As guerras têm classe e gênero...
Em silêncio, me reinvento
Oferecem novas e as velhas intenções
Mas aqui não há trens
E cansei-me do trabalho e das contas
As horas passam lentas
Um menino faz bolhas, que explodem
Algumas, com um gesto as afasto
As horas passam lentas
E o futuro já foi televisionado
Nunca poderemos sair
É tarde, é tarde para qualquer remordimento

-

Un toit pour tout voir
Une chambre noire
Pour les idées
La persévérance pessimiste
La confusion de la vie
L'acceptation de l'ordre...
L'amour
(Entre toi et moi, ou des machines)
La lutte pour la différence
La recherche à l'horizon, les couleurs
(Quand tous veulent aller au shopping)
La démocratie, les magistrats
Les mots les privilèges et l'Éden
Les variétés quand on marche dans la rue
Les Attentats, l'itinéraire des choses
Le vent des caractères, ses sons, matière
– Du pouvoir, la misère
Certains contre la paix
D'autres pour n'importe quoi
Les arbres, fleuves cachés
Avant ! Puis que en mouvement
Est qu'on ne coulera
Il sera très rapide, peut-être joyeux
Quand il n'y a pas d'avenir
La mort se renomme « liberté »

(Marseille)

Salvo-conduto

Vivo entre a possibilidade de minhas idéias
E um ser vago que não me satisfaz
Despisto o óbito nas horas da vida
Sou a ilha das vontades náufragas
E o navio resignado que afunda
Tragando lento ao fundo do tempo
A esperança de qualquer gênio
E a morosa pretensão da capacidade

Malthusiana

Tive bons muitos amigos
Em minha vida
Também conheci gente
Com gosto excessivo
Pelos bois ou por dinheiro
Me guardei aos distantes
Como um oi não dado
Um recado não lido
Ou um concerto menor
Viajei em novas culturas
Menos uma, todas dizem sim e não
E, como Nietzsche, também fui demasiado humano
Entendi a agricultura e suas conseqüências
Passei a cultivar dali
Certas plantas de regresso
Silenciosas ramas da Caatinga
Que de enquando se escondiam
Pressagiando
Os tempos da extinção

Bilboquê da infância

A minha família era grande
Quando eu era pequeno
Via festa, música e comida
O Cerrado era também paulista
Mas correram os anos
Alguns foram-se indo
Outros deixaram de se ver
Pelas rodovias de canaviais
Surgiram indissolúveis divergências
E um a um foram morrendo
Conduzidos no entanto
Ao mesmo vão particular
Quem sabe o que farão no além?
Aqui esquecem
Alguns ainda choram
Eu também amo, e choro
Mas pra matar saudade
Vou mesmo à mata virgem
Da Serra do Mar
E folheando um dicionário guarani
Procuro num pau seco
O meu velho bilboquê

(Altinópolis, SP)

Flor de Nietzsche

A terra pariu uma árvore
No céu nasceu uma estrela
Nasceu no ar um pássaro
A árvore pariu um homem
Nasceu no ar uma torre
No céu nasceu um anjo
O homem pariu a máquina
No céu nasceu o infinito
Nasceu no ar um avião
A máquina pariu o lixo
Nasceu na terra a multidão e os excedentes
No céu nasceu a chuva seca que nunca mais parou
E depois a nuvem podre de silêncio que engoliu tudo

II-

ILHAS DE DOR,
MIRAGENS DA MORTE

III-

SÓ A FLECHA
FERE A SELVA

IV-

SABOR DE AÇÚCAR,
CHEIRO DE MUNDO

V-

VULTOS DE GUERRA

Sangue de mundo

Ao meio-fio
Debaixo do vão da curva
Na linha turva do horizonte
Pela confusão de idéias
Durante as mágoas do oceano
Quando ninguém está falando
Assim que ressoa o acorde
Contra a corrente do asfalto
Sob a manchete vestida
Detrás do lixo e da guerra
Dentre o punho, a coxa
Em que escorre o roxo, o sangue

Pastoreio armado

Não é meu único destino o meu corpo
Nem a única pena minha esticada pele
Soube que também tiveste amantes
te deixaste seduzir
Mas é justo que o desejo às vezes triunfe
Inclusive, já não importa mais tanto...
Bem quisera ter tido plumas, terei guerra
Não há pretextos contra a fragilidade do ser
Vamos de mãos dadas, como se armadas

Desgarramento

A cultura
Vírgula
Em resumo
Um ponto
A mão balança
Hoje não

A Reina María Rodríguez.

A partir de *Variedades de Galiano*.

(La Habana)

O estado da mulher

E se ainda estais nuas?
Aos pés de vossos
Desinteressados homens
Velejadores do sexo
Aos pés de vossos
Atrasados filhos
Pilotos da mediocridade

Relatos da terra

...
E quando a guerra estalar
Queremos estar entre os guerreiros
Que hoje se embrenham
Mata adentro
Ao lado dos bichos e
Pássaros sobreviventes
Formadas as frentes
Saberemos que resistir, ó céus
Também é vencer

Globo de prata

Então recua o mar sobrepujado e
Furtando a linha do horizonte
Inunda os estreitos do tempo
Brotam carcaças das nações do mundo
São rios de lama e sal os rastros do progresso
Cara é a marca da civilização, fazendo-lhe a costa
Como a palma grosseira de um leviatã

A geração odiada (e a perdida)

As árvores são explosões de andamento
Fazendo da superfície terrestre uma dança
Em movimento apenas aos olhos do Infinito
Como se a vida lhe fosse vento, um poema escrito
- Sementes são máquinas do tempo
Aqui é mesmo uma festa
Entre *silenciosos* fogos de artifício
Calada, já rara
Tempestade em flor

O nó do laço

Não quero deixar uma só vida
Nem saltar na próxima estação
Quero ir até o fim
E não espero que o fim
Da História ou da Ciência
Das especializações desejo o multi-disciplinar
As velhas regras gramacticais
Somente as remotas estruturas do Estado
Sentir as armas de água, o cheiro do fogo
O vento por trás da vitrine
Tocar a gente espremida nos trens
E o sabor da terra
Que o homem esconde
No bolso do medo, atrás do espelho
Uma roupa, enfim
Finamente enlaçada

Olhos de água

Já não corro mais de onça
Nem nas cobras meto pau
Já não existe nada
Vivo num quadrado voador enquanto
Certos grupos contemporâneos
São dos bichos os covardes animais
Me amargura a idéia de parecer-me
Fisicamente a eles
São outra classe ou espécie?
Cheiram a plástico e a trabalho remunerado
Comem vacas paraplégicas
Bebem com os olhos óleo industrial e
Se fardam banalmente como a morte
Logo penso aos novos homens
Os passos do tempo
As coisas que ficam
Nos sonhos repasso
O esgoto, eu ante-vôo
Da Terra as fundações
(Há nascentes no coração da Serra do Mar)

(Ubatuba, SP)

Perspectiva

Um ramo está por cair
Preso na única fibra apenas
Fina e mais leve que do colibri a
Pluma ou de um ser a pena
(Foi de certo o humano que amou)
– Tronco, um ramo está por cair
Ou seria uma pétala tão
Branca ou tão preta a depender
Da norma, curvada pela força do tempo
Pois a gravidade é o tempo, eterno, que te puxa
Incessante ao chão da morte
Enquanto a luz forma o horizonte
De terra, onde cairá a pele e esta pétala, já logo
Se desprenda do grupo, diversa
– Beija-flor, uma pétala está por cair
Ou seria uma gota, respingo
Cristalino e puro, d'água ou
De orgulho, por destacar-se pacífico
Oceano se escorrendo em si
Orvalho diário da vida, a gota
Vai fundo até o último fio do ponto
– Mundo, um suspiro está por cair
Ou será um cabelo?
...

Fotos de papel

Sim, é verdade
Eu também esqueci
E vivi
Nas noites claras
Comi
A mesma carne morta
Dos outros
Aprendi que os decentes
Também são amigos do cinismo
Mas na ilha essa umidade
E as velhas fotografias
É que são um drink perigoso

Latitude, longitude

Também escrevi
E não abandonei os cigarros
No mapa
Nos separou em linha reta o oceano
Aqui na ilha
É comum dormir pouco
Enquanto o vizinho fode
Às vezes a morte também bate
E a fodemos sem amor (pra não morrer)
Fotos do passado flutuam no mar
Como naus de invasão
A água me envolve
Talvez me cubra
Mas são os montes
Crescidos, a romper
Teu continente

Patologia

Sim, já sei
Às vezes nos vemos
Em certas fantasias
E as vivo porém
Com tal certeza
Que tudo parece tão certo
Ou possível
(Sabemos bem
De ter banido a inocência)
Sou apenas um vagabundo
Patológico ingênuo
Que não mora mais aqui

Ibernal

Amor meu caro,
Se eu aqui me
Adormeço
Não te esqueças
Que deixei tudo
Em frízer
A carne o fumo
Nosso vinho
E a esperança

A D. Azanha.

Vaga primavera

Nesta ilha
Ficaste
Em lembranças vivas
Como o desejo
– Cruéis
Como a memória

Encaro o mar,
Vejo vultos de guerra

Desejo sideral

Espremendo
De linha em linha
Incrustradas prolongadas
Me emprego
Em um quadrado negro
Que se implode
Volátil, sidéreo
Dito
Forma

The plain

Faraway
I leave
'Though leaving
No dash
No past
But indeed
A fine trail of
Toxic dust
Noiseless
In the skyline

O avião

Longe
Vou-me indo
Embora sem
Deixar traço
Ou passado
Mas somente
Um rastro fino
De poeira tóxica
Inaudível
No horizonte

FONTES Noah Text, Apercu Pro e Neusa
PAPEL Pólen Bold 90g/m²
IMPRESSÃO LaserPress